Sébastien Zinzin

TONY GARTH

Sébastien est zinzin.
Du matin au soir et du soir au matin.
Regarde un peu comment il s'habille
pour aller à l'école !
Zinzin, non ?

Pour son petit déjeuner,
Sébastien Zinzin mange des corn flakes
à la moutarde. Et il boit son chocolat
dans un coquetier.

À l'école, il adore la leçon de peinture.
Mais il confond un peu la feuille
et sa figure !

Il adore aussi le sport.
Quel sport préfère-t-il ?
C'est plutôt difficile à dire !

À midi, ses copains lui demandent :
« Qu'as-tu apporté pour ton déjeuner ?
Un sandwich jambon-chocolat ?
Ou nougat-cornichons ? »
« Juste une banane et du pain »,
répond Sébastien. Rien de bien zinzin.
Sauf que Sébastien se met le pain
derrière l'oreille et mange la peau
de la banane !

Pour son anniversaire, les parents
de Sébastien Zinzin l'emmènent
avec sa sœur au Pays de l'aventure.
Ils lui font la leçon :
« Tiens-toi bien ! Ne fais pas ton zinzin ! »
Mais c'est plus fort que lui !

Il y a des tas d'attractions formidables
au Pays de l'aventure !
Un train fantôme, des montagnes
russes, des autos tamponneuses...
Et un zoo avec un gorille géant !

C'est l'heure du déjeuner.
Sa sœur mange un hot-dog, mais pour Sébastien pas de saucisse, pas de pain. Juste une bonne grosse ration de ketchup !

Tout à coup, on entend un vacarme épouvantable : « Le gorille géant s'est échappé ! Sauve qui peut ! » Sébastien cherche sa sœur... Trop tard ! Elle a disparu !

Elle a filé tout droit vers le gorille.
« N'aie pas peur ! J'arrive ! »
crie Sébastien.
« Non ! » hurlent ses parents.
« Il va encore faire son zinzin,
c'est certain ! »

Et Sébastien fait des grimaces zinzin, des bruits zinzin, et des tas de trucs et de machins zinzin.
Le gorille n'en revient pas !
Il est tellement étonné… qu'il se laisse ramener dans sa cage sans grogner !

Tout le monde applaudit Sébastien Zinzin. Le directeur lui offre une médaille, et l'entrée libre pour toujours au Pays de l'aventure.
« Tu as agi de façon très raisonnable, … dans le genre zinzin ! » lui dit-il.

Sur le chemin du retour,
Sébastien a une idée.
« Je n'avais jamais été raisonnable
de ma vie », dit-il. « Peut-être
que je devrais essayer plus souvent ! »
Ses parents sont ravis.
« Je commence demain ! »
ajoute Sébastien Zinzin.

Et il fait aussitôt une grimace
super zinzin.

LE DICO DE SÉBASTIEN ZINZIN

BANANE : pour Sébastien Zinzin, la peau de ce fruit est bien meilleure que l'intérieur.

CORN FLAKES : Sébastien Zinzin préfère manger ses pétales de maïs avec de la moutarde.

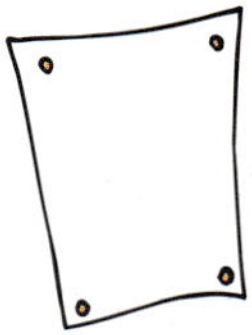

FEUILLE DE PAPIER : Sébastien Zinzin ne peint jamais une feuille de papier, il se maquille.

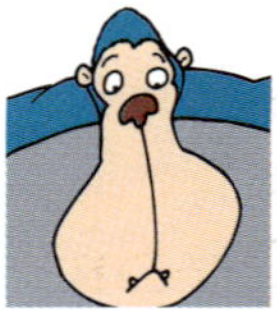

GORILLE : très gros singe, que Sébastien Zinzin apprivoise par ses grimaces.

HABILLEMENT : Sébastien Zinzin s'habille n'importe

comment, il enfile ses chaussettes au lieu de ses gants, et... une palme à la place d'une chaussure.

KETCHUP : sauce tomate épicée. Sébastien Zinzin en fait son déjeuner quotidien.

PAYS DE L'AVENTURE : parc d'attractions où Sébastien Zinzin se gave de barbe à papa.

SPORT : Sébastien Zinzin pratique plusieurs sports : la plongée, le tennis, la boxe, le hockey et le ski, et ce, tous à la fois.

ZINZIN : un personnage un peu étrange, qui fait tout différemment des autres. Le portrait tout craché de Sébastien Zinzin.

Léo Le Fléau
Anémone J'ordonne
Jean-Loup Casse-Cou
Juliette Parfaite
Ninon Dit-Non
Clémence Malchance
Huguette Grosse Tête
Bérangère Tête-en-l'Air
Mathieu Curieu
Gaspard Trop Tard
Mimi Soucis
Rémi Malpoli
Romain Coup-de-Main
Timothée l'Éveillé
Bruno Crado-Sale